Marie-Francine Hébert

Un fantôme dans le miroir

Illustrations
de Philippe Germain

D1248867

la courte échelle

Les éditions de la courte échelle inc.

Les éditions de la courte échelle inc.
5243, boul. Saint-Laurent
Montréal (Québec) H2T 1S4

Conception graphique:
Derome design inc.

Révision des textes:
Odette Lord

Dépôt légal, 3e trimestre 1991
Bibliothèque nationale du Québec

Données de catalogage avant publication (Canada)

Hébert, Marie-Francine, 1943-

    Un fantôme dans le miroir

    (Premier Roman; PR19)
    Pour enfants à partir de 7 ans.

    ISBN 2-89021-157-6

    I. Germain, Philippe, 1963-   II. Titre.   III. Collection.

PS8565.E23F36 1991   jC843'.54   C90-096709-9
PS9565.E23F36 1991
PZ23.H42Fa 1991

Marie-Francine Hébert

Marie-Francine Hébert a commencé à écrire pour les enfants par hasard et ne peut maintenant plus s'en passer. Probablement parce que, tout comme les enfants, elle aime les becs, les folies, l'exercice physique, les petits oiseaux, les questions, les histoires à dormir debout, la crème glacée et a encore bien des choses à apprendre comme ne plus avoir peur dans le noir. Depuis une quinzaine d'années, elle partage son temps entre la télévision (*Iniminimagimo*, par exemple); le théâtre (*Oui ou non*, entre autres); et la littérature (*Un monstre dans les céréales*, *Une tempête dans un verre d'eau*, par exemple).

Pour les best-sellers *Venir au monde* et *Vive mon corps!* maintenant traduits en plusieurs langues, Marie-Francine Hébert a reçu de nombreux prix, dont des prix d'excellence de l'Association des consommateurs du Québec et le prix Alvine-Bélisle. Certains des romans de la série Méli Mélo ont été traduits en anglais et en grec. Elle a également reçu le prix du Club de la Livromagie 1989-1990 pour *Un monstre dans les céréales*.

Un fantôme dans le miroir est son septième roman.

Philippe Germain

À dix ans, Philippe Germain adorait sculpter, peindre et étendre de la couleur. Il fait maintenant, entre autres choses, des illustrations de manuels scolaires et de livres pour les jeunes.

Dans un style efficace et dynamique, il pose sur la réalité un regard coloré, spontané et toujours plein d'humour.

Quand il ne dessine pas, il prend un plaisir fou à récupérer, à démonter et à retaper les juke-boxes et autres objets des années 50 qu'il collectionne.

Un fantôme dans le miroir est le cinquième roman qu'il illustre à la courte échelle.

De la même auteure, à la courte échelle

Collection livres-jeux

Venir au monde
Vive mon corps!

Collection albums

Le voyage de la vie

Collection Premier Roman

Série Méli Mélo:
Un monstre dans les céréales
Un blouson dans la peau
Une tempête dans un verre d'eau
Une sorcière dans la soupe

Collection Roman+

Le coeur en bataille
Je t'aime, je te hais...

Marie-Francine Hébert

Un fantôme dans le miroir

Illustrations
de Philippe Germain

la courte échelle

1
Blanc comme un drap

Tu ne peux pas imaginer ce qui m'est arrivé! Une vraie histoire à dormir debout!

C'est le soir, justement. Je suis chez grand-mamie Mélo. Sans mon petit frère Mimi qui se fait garder chez un copain. Alors, j'ai la chambre d'ami pour moi toute seule! Youpi!

Pas de Mimi qui sursaute dans le lit au moindre petit bruit. Or, la vieille maison de grand-mamie craque de partout. Et mon frère croit chaque fois que c'est un fantôme.

Tout ça à cause d'une histoire

qu'un ami lui a racontée, à la maternelle. Je lui répète que les fantômes existent seulement dans notre imagination. Rien à faire. Il y croit dur comme fer. En tout cas!

Je me suis glissée entre les draps blancs. Oui, oui, tout blancs. Sans motif, ni couleur, rien. Comme dans l'ancien temps. Grand-mamie a conservé les siens précieusement.

Elle est assise à côté de moi, sur le bord du lit. Nous regardons son vieil album de photos. Tout à coup, j'aperçois la photo d'une petite fille.

Je n'en reviens pas:

— On dirait que c'est moi sur la photo, grand-mamie!?

— Mais non, Méli, c'est Vivi. Ma petite soeur quand elle avait

ton âge.

Grand-mamie ajoute, la voix toute triste:

— Elle est morte l'année où cette photo a été prise.

Je comprends son chagrin. J'aurais tant aimé avoir une

soeur. S'il fallait qu'elle soit morte en plus. En tout cas!

Grand-mamie me caresse doucement le visage:

— C'est vrai que tu ressembles à Vivi. D'une façon incroyable! Je la revois encore, dans cette chambre justement...

Elle fixe alors un point derrière moi dans la chambre. Et elle sourit. Comme si elle venait de voir apparaître sa soeur. Je me retourne. Il n'y a personne, bien sûr.

Grand-mamie revient finalement sur terre:

— Je vais te montrer quelque chose, Méli.

Elle dépose l'album de photos sur le lit et va ouvrir le placard. Là où elle garde ses souvenirs. Mimi et moi, nous l'appelons le «placard secret», car grand-mamie nous défend d'y fouiller.

Quand j'étais petite, j'essayais de voir à travers le grand miroir collé sur la porte. Je ne voyais que moi, évidemment.

J'entends grand-mamie ouvrir son gros coffre de bois. Elle ressort bientôt du placard en tenant une paire de pantoufles de satin rose. Je n'en ai jamais vu d'aussi jolies. Et elles me vont parfaitement.

— Je te les prête, Méli. Mais à toi seulement. Et à la condition que tu en prennes bien soin. C'est le seul souvenir qui me reste de ma petite soeur Vivi. Et j'y tiens comme à la prunelle de mes yeux.

— Je te le promets, grand-mamie. Croix sur mon coeur, si

ce n'est pas vrai, je meurs.

— Bon, il est temps de dormir, mon ange.

Je retire les pantoufles et grand-mamie les dépose délicatement à côté du lit. Et nous nous donnons de gros baisers sur les joues.

— Bonne nuit, mon trésor. Fais de beaux rêves.

— À demain, grand-mamie chérie.

Elle va éteindre la lumière à côté de la porte, sort et referme derrière elle. «Il fait noir comme chez le pou», dirait Mimi.

J'entends bientôt des petits bruits sous le lit. C'est le vieux plancher de bois qui craque. Comme d'habitude. Je me tourne sur le côté, prête à m'endormir.

Soudain, je sens une présence... Sur le lit... À côté de moi...

Je me dis:

— C'est ton imagination qui s'amuse à te faire des peurs, Méli Mélo. Ordonne-lui de cesser, immédiatement!

Exactement ce que je répète à Mimi quand il a peur dans le noir. En tout cas!

J'allonge le bras sous les couvertures, certaine qu'il n'y aura rien. Mais je sens quelque chose sur le dessus?! Quelque chose qui se sauve aussitôt et qui saute en bas du lit.

Je reste figée sur place. Le visage aussi blanc que le drap, j'en suis certaine. Qu'est-ce que c'est que ça!?!

2
À l'aide!

«Ça» ne bouge plus à côté du lit... «Ça» attend que je descende pour courir après moi, je suppose. Même que «ça» respire de plus en plus fort. Comme moi.

Que je suis bête! C'est ma propre respiration que j'entends.

Je me rappelle soudain que grand-mamie a laissé l'album de photos sur le lit. En bougeant, je l'ai fait tomber. Voilà! Ça ne peut pas être autre chose.

J'étire le bras vers le plancher. Ouf! C'est bien l'album. Je le ramasserai demain matin. J'en profite pour m'assurer que les pantoufles sont toujours de l'autre côté du lit...

C'est fou, tu me diras. Elles ne peuvent pas avoir disparu. Eh bien! crois-le ou non, je ne les trouve nulle part.

Pas de panique. Elles sont sûrement là. Je vais aller allumer la lumière et je les verrai tout de suite.

Mais juste au moment où je mets un pied hors du lit, j'entends la porte du placard s'ouvrir. Toute seule?!

Une porte ne peut pas s'ouvrir toute seule... Donc, il y a quelqu'un dans la chambre!? Et je suis vraiment en danger!? Alors, je crie le plus fort possible:

— À l'aide, grand-mamie! À l'aide!!!!

En deux temps, trois mouve-

ments, grand-mamie est là.

— Qu'est-ce qu'il y a, Méli?
Mais tu trembles?!

— La porte du placard s'est
ouverte...

Elle a l'air très inquiète, elle
aussi:

— Tu n'as pas fouillé, j'es-
père...?

— Non, non, je le jure!

Ça la rassure, on dirait. Même
si j'ajoute:

— Et les pantoufles de Vivi ont disparu.

Elle ramasse l'album de photos et le dépose sur la commode. Puis, avec un petit sourire en coin:

— Voilà les pantoufles. Elles étaient coincées sous l'album.

Je croyais qu'elle les avait mises de l'autre côté du lit!? En tout cas!

Pendant que grand-mamie se dirige vers le placard, je jette un coup d'oeil sous le lit. Évidemment, il n'y a personne.

— J'ai probablement laissé la porte entrouverte, Méli. Et le poids du miroir l'a fait s'ouvrir davantage.

— Grand-mamie, tu es certaine qu'il n'y a personne dans le placard? Un voleur ou quelqu'un dans ce genre-là? Ça arrive parfois, à la télé.

Pour me faire plaisir, elle vérifie.

— Il n'y a personne. Ne t'inquiète pas, Méli! Les portes de la maison sont fermées à clé.

— Et les fenêtres?

Grand-mamie ouvre le rideau. J'aperçois la lune toute ronde et pleine dans le ciel.

— Elles sont verrouillées. Tu vois le petit bouton, ici...

Je respire un peu mieux.

— Veux-tu que je laisse la porte de la chambre entrouverte, Méli?

Je ne peux pas répondre oui. J'ai déjà eu l'air assez bébé comme ça.

— Non, non. Maintenant, ça va aller, grand-mamie.

— Bonne nuit, ma chérie.

Elle éteint et sort en refermant la porte. Chouette, elle a oublié de tirer le rideau! Et les rayons de la lune font une douce lumière dans la chambre. Ça me rassure complètement.

Je ferme les yeux, prête à m'endormir. Quand je sens tout

à coup un courant d'air glacé. Brrr! Je décide d'aller fermer la fenêtre.

Je m'enroule dans le drap du dessus et je cherche à glisser mes pieds dans les pantoufles. Encore une fois, je les croyais d'un côté du lit. Et je les trouve de l'autre. Je dois être drôlement dans la lune!

Surprise! La fenêtre est fermée?! Mais oui, je l'avais remarqué quand grand-mamie a tiré le rideau. Étrange...

Si mon frère était là, il dirait sûrement: «Il y a toujours un courant d'air quand un fantôme entre quelque part. Mon ami l'a dit.»

Et c'est alors que je l'aperçois dans le miroir de la porte du placard?!

3
Qui es-tu?!

Je crois mourir sur place!

Dans le miroir, il y a une forme blanche?! Qui ressemble à un fantôme! Comme un drap blanc à un autre drap blanc.

Le drap blanc dans lequel je suis enveloppée?! Qu'est-ce que j'imagine là?! C'est moi que j'aperçois dans le miroir! Ce n'est rien d'autre que mon image.

Et si je bouge, l'image va bouger aussi. Elle ne bouge pas!?! Je ne comprends plus rien, moi!

C'est pourtant mon visage

que je vois... Ou un visage qui ressemble au mien. D'une façon incroyable! Et si c'était le f_____ de Vivi?! Impossible, je ne crois pas aux fantômes!

Mais je suis tellement énervée que je demande:

— Qui es-tu?

Et crois-le ou non, j'entends une drôle de voix qui fausse:

— Je suis Vivi, bien sûr! Toi, tu es Méli!

— Comment le sais-tu?!

— Les fantômes savent tout, voyons.

Tout ce temps-là, elle n'arrête pas de dévorer mes pantoufles des yeux. Les pantoufles?! Elles n'apparaissent pas dans le miroir!

Je rêve, c'est certain. Je me pince pour me réveiller, rien à faire. Je me dis:

— On peut se voir dans un miroir, mais personne ne peut être «dans» le miroir!

J'ai dû parler à haute voix, car elle ajoute:

— Je ne suis pas une personne. Je suis un fantôme.

Et elle éclate de rire. Si tu entendais ses dents claquer dans sa bouche! J'en ai la chair de poule.

Je ne sais plus quoi penser. Mais je ne peux pas prendre de risque. Il faut que je sorte d'ici! Je n'ai pas le temps de bouger qu'elle est déjà devant la porte.

Elle s'est déplacée sans un seul bruit de pas. Ni le moindre froissement du drap qui la recouvre. On dirait qu'elle ne

touche pas le plancher.

J'essaie de crier. Mais je suis tellement paniquée que les mots restent pris dans ma gorge.

Il ne me reste qu'une solution. J'ouvre le placard et je m'enferme dedans. La poignée de la porte se met aussitôt à bouger. Je tourne vite le petit bouton qui la verrouille de l'intérieur.

Vivi n'insiste pas. Pour le moment, en tout cas.

J'essaie de me rappeler tout ce que mon frère m'a raconté sur les fantômes. Ça m'aiderait peut-être...

Le placard sent les boules à mites et les fleurs séchées. Je me colle contre le coffre en serrant le drap autour de moi. Je tremble de tout mon corps.

Imagine-toi à ma place.

Puis je m'assois au fond du placard, le temps de souffler un peu. J'entends aussitôt un craquement. Le mur bouge dans mon dos?! Ou plutôt une porte s'ouvre. Sur une autre pièce.

Je fais quelques pas. Je ne suis jamais venue ici. Il y règne une drôle de lumière!... Irréelle, je dirais.

Au bout de la pièce, j'aperçois une autre porte. À ma grande surprise elle donne sur un escalier en colimaçon qui descend, descend, descend. J'ai le vertige, juste à regarder.

Quand tout à coup, j'entends une voix remplie de fausses notes. Elle n'a rien à voir avec la voix chaude et douce de grand-mamie, je t'assure.

4
J'aurais dû me méfier

Un grand frisson me traverse le corps.

— Je t'en prie, Méli, tu n'as rien à craindre. Je ne suis qu'une pauvre petite fille fantôme. Et personne ne veut jouer avec moi, parce que tout le monde a peur de moi.

C'est Vivi?! La seule chose que je trouve à dire en me tournant vers elle, c'est:

— Comment as-tu fait? J'avais barré la porte?!

— Tu ne sais pas que les fantômes sont capables de passer à travers les murs?

Il me semble que mon petit frère m'en a déjà parlé. J'aurais dû l'écouter. Et me méfier davantage. Qu'est-ce qui va m'arriver maintenant?

C'est alors que Vivi se met à faire toutes sortes de pirouettes pour me faire rire. Elle va même jusqu'à voler dans la pièce, à monter sur les murs et à marcher au plafond.

À la fin, je ne peux plus résister et j'éclate de rire. Vivi est folle de joie.

— On s'amuse bien toutes les deux! Et puis, on a l'air de soeurs jumelles avec nos deux draps blancs. Tu veux être mon amie?! Je t'en prie, Méli. Dis oui! Dis oui!

Je ne sais pas quoi répondre. Je ne la connais pas vraiment.

Et je ne suis pas sûre qu'être amie avec un fantôme soit une bonne idée.

Elle fait comme si j'avais dit oui:

— Même que si tu me donnes tes pantoufles, nous allons devenir les meilleures amies du monde.

Je lui explique que grand-mamie... sa soeur... aurait trop de peine. Mais Vivi insiste:

— Il y a longtemps que les pantoufles ne lui font plus... Et elles restent tout le temps dans le coffre...

— Mais grand-mamie y tient comme à la prunelle de ses yeux, Vivi. C'est son seul souvenir de toi, tu comprends?

Là, elle prend son air le plus mielleux:

— Prête-les-moi, alors.

— Grand-mamie... ta soeur... me l'a bien défendu.

Elle fait un drôle d'air. L'air de quelqu'un qui mijote quelque chose.

— Ah! et puis, ce n'est pas grave... Viens, Méli!

Elle me prend par la main. La sienne est glacée. Brrr! Et elle m'entraîne dans l'escalier en colimaçon. Ça se fait si vite que je n'ai pas le temps de résister.

On descend, descend... J'ai l'impression de reconnaître la cave de grand-mamie en passant. Si ça continue, on va aboutir au centre de la terre.

La peur grandit en moi:

— Arrête, Vivi, on va se perdre!

Elle resserre sa main de squelette autour de la mienne:

— Ne t'inquiète pas, Méli. C'est chez moi, ici. Et je connais l'endroit comme le fond de ma poche.

— Où m'emmènes-tu, à la fin?

— Dans ma chambre.

Je dois t'avouer que je suis curieuse de voir la chambre d'un fantôme. Et puis elle a l'air plutôt gentille, Vivi. Tu ne crois pas?

On atteint finalement le bas de l'escalier. Devant nous, il y a un long corridor. Et tout au bout, la chambre de Vivi.

Si tu voyais ça! Il y a des grandes toiles d'araignées qui pendent du plafond. Et Vivi couche sur une espèce de lit fait d'une grosse pierre. Une plus petite lui sert d'oreiller.

Tu ne devineras jamais ce que je découvre dans un coin de la chambre! Des dizaines et des dizaines d'animaux en peluche. Enfin, ce que je crois être des animaux en peluche.

Il y a des tigres, des chats, des lions, des canards, des loups, des oiseaux géants... Nomme-les, ils sont tous là. Et ils ont l'air tellement vivants! Un peu plus et ils se mettent à bouger.

— Oh! Ils sont merveilleux, Vivi, surtout le tigre! Je donnerais tout au monde pour avoir un animal en peluche comme celui-là!

Imagine! Il est deux fois plus gros que moi. Et sa peluche est douce, douce.

— Je te l'offre, Méli...

Je n'en reviens pas! C'est le plus beau jour de ma vie!

Et Vivi ajoute:

— ... en échange des pantoufles.

Oups! J'hésite un moment. Comment vais-je expliquer ça à grand-mamie? Mais je ne peux pas résister. Je trouverai bien quelque chose.

Si tu voyais le tigre, tu comprendrais.

5
Catastrophe!

Qu'est-ce que je suis en train de faire là? Je ne peux pas trahir ma promesse.

Je retombe les deux pieds sur terre. Heureusement! Car Vivi commençait déjà à m'enlever les pantoufles. Je m'écarte d'elle.

— Je ne peux pas, Vivi.

— Mais elles sont à moi, ces pantoufles, à la fin, Méli Mélo.

— Plus maintenant, Vivi Mélo. Maintenant, tu es morte. Tu n'es plus une personne, tu es un fantôme. C'est toi-même qui l'as dit, tout à l'heure.

— Je les veux quand même!

La moue qu'elle fait! Un vrai bébé gâté. J'essaie de la raisonner:

— C'est impossible, Vivi!

— Alors, tu n'es plus mon amie!

Et elle se met à bouder. Il n'y a rien que je trouve plus niaiseux que le boudin.

— Puisque c'est comme ça, je m'en vais, Vivi!

Elle me répond, rageuse:

— Tu connais le chemin...

Tout à coup, elle change d'air. Et un drôle de sourire apparaît sur ses lèvres.

— De toute manière, Méli, on va sûrement se revoir bientôt. Très bientôt.

Je ne suis pas certaine d'en avoir vraiment envie. En tout cas!

Je sors de la chambre. Je pense reprendre le corridor qui mène à l'escalier en colimaçon. Mais, devant moi, il y a maintenant plusieurs corridors.

Je me tourne pour demander une explication à Vivi. Elle a déjà refermé la porte. Et qu'est-ce que j'aperçois à deux pas de moi?!

Les animaux en peluche?! Ils pouvaient bien avoir l'air vivants. Ils le sont! Et ce sont de vrais crocs et de vraies griffes qu'ils me montrent! Surtout le tigre qui semble être leur chef.

Prenant mes jambes à mon cou, je fonce dans le corridor le plus proche. Les animaux se lancent aussitôt à ma poursuite. Qu'est-ce qu'ils me veulent?!

En changeant de direction à

la dernière minute, j'essaie de les perdre. Rien à faire. Je les entends souffler et grogner non loin de moi, dans le noir.

J'ai l'impression de m'enfoncer dans un labyrinthe de corridors. Ou plutôt de ruelles. Avec des bruits de couvercles de poubelles qui tombent. Des papiers

qui volent au vent.

Est-ce une chauve-souris qui vient de me frôler la joue? Ou un vêtement sur une corde à linge?

Je n'ai jamais couru aussi vite de toute ma vie. À ce rythme-là, je vais gagner les olympiades à l'école, cette

année. Si je parviens à sortir d'ici, bien sûr.

Soudain, je m'enfarge et je perds une pantoufle. Oh non!!!

Qu'est-ce que je fais? Je la laisse là et je continue à courir? Ou je reviens sur mes pas pour la ramasser? Et je donne peut-être aux animaux le temps de me rattraper?

D'accord, j'ai fait une promesse à grand-mamie. Mais il y a des limites. Tu ne trouves pas?

Finalement, n'écoutant que mon courage, je retourne chercher la pantoufle. Les animaux se rapprochent tellement de moi que je sens leur souffle chaud dans mon cou.

Te dire comment je repars en dixième vitesse! Je réussis à leur échapper. Mais de justesse.

Je commence bientôt à reprendre un peu d'avance.

Catastrophe! Le corridor dans lequel je me suis engagée est sans issue. Impossible de revenir en arrière sans arriver face à face avec cette bande d'animaux féroces.

Et devant moi, il y a un mur de pierre.

6
Ma dernière chance

Les animaux s'approchent. Je serre mon drap autour de moi, comme si ça pouvait me protéger. Je fais une feinte pour tenter de m'enfuir. Mais le tigre attrape un coin du drap dans sa gueule.

Je tire de toutes mes forces pour qu'il le lâche. Au moment où j'y arrive, j'entends le drap se déchirer. Oh non! pas le drap de grand-mamie! Qu'est-ce qu'elle va dire?

Je suis tellement en colère contre le tigre que je lui crie:

— Tu n'aurais pas pu faire attention, espèce d'imbécile?

Regarde la déchirure que tu as faite!

Monsieur n'apprécie pas du tout le reproche. Et il se met à rugir de plus belle. C'est contagieux, on dirait, car tous les animaux se mettent alors à pousser d'affreux cris.

Inutile de tenter de me sauver, maintenant. Seule Vivi peut me secourir. Je hurle:

— Vivi, viens m'aider!! Je t'en prie!!!

Elle apparaît aussitôt. Comme par enchantement. Elle se tourne en direction des animaux en furie.

— Chut!!! Je vous comprends, mes pauvres chéris. Vous n'avez pas mangé depuis quelques jours et vous êtes affamés. Un peu de patience. Vous ne le regretterez pas.

Ça les calme un peu. Je demande alors à Vivi de m'aider à sortir de là. Tu sais ce qu'elle répond?

— À la condition que tu me donnes les pantoufles!

— Mais je ne peux pas, Vivi.

J'ai juré. J'ai même dit: «Croix sur mon coeur, si ce n'est pas vrai, je meurs!»

— Ça va être pire si tu ne m'obéis pas. Et ce sera de ta faute.

Là, elle me met tout sur le dos. Tu te rends compte? Mais ça m'aide à comprendre les événements mystérieux qui ont eu lieu dans la chambre, tout à l'heure.

D'abord, Vivi me reproche d'avoir échappé l'album de photos sur les pantoufles juste au moment où elle allait les prendre.

Puis d'avoir voulu aller ouvrir la lumière. Or, les fantômes ne supportent pas la lumière. Donc, Vivi s'est sauvée. Et si vite qu'elle a accroché la porte du placard en passant à travers.

Évidemment, je n'aurais pas dû avoir peur quand j'ai vu la porte s'ouvrir. Et elle me traite de bébé parce que j'ai appelé grand-mamie à l'aide.

Finalement, elle m'accuse d'avoir moi-même mis les pantoufles juste au moment où elle allait partir avec, la dernière fois.

J'essaie de me défendre. Mais discuter avec un fantôme, c'est pire qu'avec mon petit frère de cinq ans. Je t'assure.

Elle finit en disant:

— Je ne vais pas rater une occasion comme celle-ci, Méli Mélo. Pour une fois que les pantoufles ne sont pas dans le coffre.

Elle pose alors son index osseux sur mon épaule. Et l'y enfonce. Ça me donne froid dans le dos.

— Vas-y, Méli Mélo, décide-toi! Ce sont les pantoufles ou la vie!

J'essaie de faire la brave:

— Tu ne me fais pas peur, Vivi Mélo!

Elle se tourne vers les animaux.

— Que diriez-vous d'une petite fille bien tendre pour repas?

Les animaux se mettent aussitôt à se lécher les babines.

— Vivi, tu ne peux pas me faire ça...

Elle me regarde alors avec les yeux vitreux:

— Je peux faire ce que je veux! C'est chez moi, ici. C'est moi qui décide.

Ah! si mon frère Mimi me

voyait! Moi qui passe mon temps à lui répéter que les fantômes existent seulement dans notre imagination.

Mais oui!? C'est ça. C'est ma dernière chance. Mon coeur bat si fort dans ma poitrine que je l'entends.

Je prends une grande inspiration pour me donner du courage. J'expire profondément pour chasser ma peur. Et je regarde Vivi en pleine face:

— Je garde les pantoufles!

— Tant pis pour toi, Méli Mélo.

— Tu ne peux rien faire, Vivi Mélo! Car c'est MOI qui décide!!!

Je dois avoir l'air très convaincante, puisqu'elle se met à bafouiller:

— Comment ça? Qu'est-ce que tu veux dire par là?

— C'est moi qui décide, Vivi. Parce que tu es dans mon imagination. Alors, je peux te faire disparaître quand je veux.

Elle reste bouche bée. Derrière elle, les animaux ne bougent plus. On dirait des animaux en peluche.

J'en profite pour crier de toutes mes forces:

— Et je le veux maintenant!!!!

7
Ouf!

Je me retrouve dans mon lit.
Mon lit que je n'ai jamais quit-
té, bien sûr. Heureusement!

C'est fou, les histoires qu'on
se raconte parfois! Les peurs
qu'on se fait! Avec un monstre,
un squelette ou toutes sortes de
bébites dégueulasses. Quand je
pense à mon fantôme!

Tu as vu comme je m'en suis
débarrassée:

— C'est moi qui décide!...
Parce que tu es dans mon imagination. Alors, je peux te faire
disparaître quand je veux... Et
je le veux, maintenant!

Ouf! je vais pouvoir dormir en paix! Avant de fermer les yeux, je jette un coup d'oeil dans la chambre. Tout est normal, bien sûr.

Le lendemain matin, je me lève en pleine forme. Les odeurs du petit déjeuner montent de la cuisine et me chatouillent les narines. Ça ne sentirait pas le pain doré, par hasard? Miam-miam!

Les pantoufles?!

Je les cherche partout. Même dans le placard. Et je ne les trouve nulle part. Je te le jure. Il n'y a pas plus de pantoufles que de porte qui s'ouvre au fond du placard.

Je ne comprends plus rien, moi!?

J'entends alors des bruits de

pas dans le couloir. C'est grand-mamie qui vient me chercher. Qu'est-ce que je vais lui dire? Elle ouvre la porte:

— Bonjour, ma chérie. Tu as bien dormi?

J'ai la gorge tellement serrée que je suis incapable de répondre. Comment lui avouer ça?! Et lui avouer quoi au juste?

— Qu'est-ce qui se passe, mon ange?

Je réussis finalement à lui dire que je ne retrouve plus les pantoufles.

— Elles sont sous ton oreiller, ma grande. Tu m'as prise au mot quand je t'ai demandé d'en prendre bien soin. Je savais que je pouvais te faire confiance. Mais à ce point-là...

Elle éclate de rire. Moi aussi. J'ai dû les mettre sous mon oreiller hier soir. Avant de s'endormir, on fait parfois des gestes et on ne s'en souvient plus le lendemain.

Pendant le petit déjeuner, je demande à grand-mamie de me parler de Vivi. Elle le fait avec plaisir. Car elle l'aimait beaucoup.

Il paraît qu'elle était toujours en train de faire des pirouettes et des culbutes. Qu'elle n'aurait pas fait de mal à une mouche. Et qu'elle collectionnait les animaux en peluche.

Bien sûr, je ne lui parle pas de la Vivi que j'ai imaginée. Je lui demande alors pourquoi elle ne veut jamais qu'on aille dans le placard.

— À bien y penser, je crois que tu es assez grande maintenant, Méli. Mais pas Mimi. Il ne comprend pas encore l'importance des souvenirs pour une vieille grand-mamie comme moi.

Je remonte bientôt dans la chambre pour me changer et faire le lit. C'est alors que j'aperçois une drôle de déchirure dans le drap. Oh non!? Comment est-ce possible?

Il était peut-être déjà déchiré?
Je n'ai qu'à demander à grand-
mamie.

Mais je ne sais pas pourquoi,
je n'ose pas. J'essaierai, la pro-
chaine fois que je viendrai.
Peut-être...

Et je finis de faire le lit en
cachant la déchirure sous le
matelas. Avant de sortir de

la chambre, j'appelle grand-mamie:

— Tu veux remettre les pantoufles dans le coffre? Elles y seront en sûreté. Moi, je n'y arrive pas, le couvercle du coffre est trop lourd.

Table des matières

Achevé d'imprimer
sur les presses de Litho Acme Inc.
3e trimestre 1991